8° Y e
15509
AF465768

ROBERT CAZE

HYMNES

A LA VIE

8° Ye
15509

DELÉMONT
J. BOÉCHAT, IMPRIMEUR - ÉDITEUR
1875

ROBERT CAZE

HYMNES

A LA VIE

DELÉMONT
J. BOÉCHAT, IMPRIMEUR - ÉDITEUR
1875

PRÉFACE

La chanson des grands bois et la chanson du vin
Ont laissé dans mon cœur une étrange musique.
J'ai voulu vivre en plein dans le monde physique.
Mes yeux sont encor clos à l'idéal divin.

J'ai rendu gloire aux monts, au soleil roux, au pain,
Et j'ai coulé Cybèle en un moule plastique.
Mon vers n'a point l'éclat doré du ciel attique,
Car je suis animé du vieux souffle latin.

Jadis, j'ai su chanter sans haine et sans envie
Le poème fécond et sacré de la Chair
Mais la Chair est organe et le corps c'est la Vie.

Or, si j'ai mieux compris les échos de la mer,
C'est que j'ai retrouvé les caprices des ondes
Dans des regards bleu-gris et dans des tresses blondes.

L'HYMNE A LA VIE

HYMNE AU SOLEIL

I

LE VIN ET LE SOLEIL

A Sully Prudhomme

Astre divin,
A travers le rideau des treilles
Tombe sur les vertes bouteilles
Pleines de vin.

Bon soleil, jette
De gros rubis dans la liqueur,
Rouge comme le sang du cœur —
Fière et coquette.

Quand tes rayons
Se baignent au fond des grands verres,
Nos yeux deviennent moins sévères
Et nous rions.

Sous les tonnelles,
Le vin et le soleil charmants
Rendent les filles de vingt ans
Bien moins rebelles.

Tombez en nous,
Dieu des chaleurs, Dieu des ivresses
Donnez, donnez à nos maîtresses
Les désirs fous.

Et sans envie,
Sans haines germant sous le front,
Les jeunes artistes diront
L'Hymne à la vie.

II

EFFET DE SOLEIL

Hier soir, le soleil s'est endormi joyeux
Avec la majesté d'un Dieu fort et robuste.
Avant de disparaître, il imprégna ton buste
De lumière, et mit l'or des rayons dans tes yeux.

Il s'est baigné longtemps parmi tes nattes blondes.
Pour la première fois tressaillirent tes seins ;
Tu vis surgir en toi d'audacieux desseins
Et tu compris l'orgueil des passions fécondes.

Qui dois-je donc aimer le plus ? Est-ce le Dieu
Qui réveilla tes sens, ton cœur, tes chairs, ton âme ?
Ou n'est-ce pas plutôt toi, la bizarre femme,
À la voix claire, à l'œil de feu ?

III

SOLEIL DE SEPTEMBRE

A Albert Pinard.

Après avoir trempé, dans les coupes mystiques,
Ses lèvres qui cherchaient le baiser inconnu,
Le moine flagella sa chair, et son corps nu
Semblait avoir été piqué par les moustiques.

Alors, il entonna de profanes cantiques,
Et rejeta bien loin tout ce qu'il avait cru,
Car les austérités saintes avaient accru
La fureur de ses sens fauves et frénétiques.

Pour étouffer le rut qui bouillonnait en lui,
Il profita d'un jour où Phébus avait lui
Sur les coteaux pierreux , lourds de grappes vineuses.

Puis il s'alla soûler avec du vin nouveau,
Excitant les lazzis joyeux des vendangeuses ;
Enfin, il s'endormit à l'ombre comme un veau.

IV

LEVER DE SOLEIL

A Théodore de Banville

La campagne est étrange au lever du matin.
Humide de senteurs, le vent fouette la joue.
Il imprime aux épis un frisson et se joue
Parmi le pré qui jette aux yeux son vert satin.

Peu à peu, l'horizon se dessine. Au lointain,
Le soleil, nourricier puissant des hommes, troue
Les nuages et, comme un paon qui fait la roue,
L'astre étend ses rayons sur le jour incertain.

Semblable à de légers flocons de blanche laine,
Le brouillard de la nuit s'élève sur la plaine
Et va se perdre au flanc chauve d'un noir rocher.

Dans les bois, l'on entend des frémissements d'ailes.
L'herbe chante, pendant qu'au loin un vieux clocher
Pousse des cris vers Dieu, fiction éternelle.

V

COUCHER DE SOLEIL

L'été, par les soleils couchants,
Nous nous envolons vers les champs
Pleins de blés jaunes.
L'éclat sonore de ta voix
Va réjouir, dans les grands bois,
Pan et les Faunes.

Oh ! vive le bon Messidor,
Père charmant des épis d'or
Liés en gerbes.
Il réveille l'amour défunt,
Avec l'odeur et le parfum
Des hautes herbes.

Il fait éclore les chansons
Harmonieuses des pinsons
Et des maitresses.
Il fait, dans la douceur des nuits,
Cesser les chagrins, les ennuis
Et les détresses.

L'on se perdrait des jours entiers,
Rêvant, parmi les verts sentiers,
A sa folie,
Et l'on irait je ne sais où.
Mais, sous la marche, ton genou
S'incline et plie.

Viens ! Les villages sont tout près,
Et l'auberge a des pots de grès
Pleins de piquette.
Viens ! Et lance au milieu des airs
La note de tes rires clairs,
Muse coquette.

Dans la poche, j'ai peu d'argent,
Qu'importe ! L'amour indulgent
Tient lieu de piastres.
Et, pour solder notre hôtelier,
Je me sens de taille à piller
Tout l'or des astres.

Pour reposer tes membres las,
Asseyons-nous sous les lilas
De la tonnelle.
Je me griserai de vin bleu,
De tes sourires et du feu
De ta prunelle.

Le soir, quand la campagne dort,
Un vent doux fait frisonner l'or
Des épis denses.
Pose sur moi ton front charmant
Voici, ma chère, le moment
Des confidences.

Rions, rions de la vertu;
Elle n'a rien que de pointu
Sous son corsage.
Ton mollet fin vit sous ton bas,
Ton sein frémit. Ne sois donc pas
Bégueule et sage.

Laisse la pudeur au couvent ;
Il faut s'aimer fort et souvent
Quand on est jeune.
Nous perdrons trop tôt nos vingt ans,
Pour arriver aux mauvais temps
Où l'amour jeûne.

Donne-moi donc ta frêle main ;
Envolons-nous dans le chemin
De la chimère.
La tristesse n'est pas si loin,
Vidons la coupe qui n'est point
Encore amère !

VI

LE SOLEIL DU PEUPLE

A Raoul Lafagette

Le peuple chérit le Soleil
Qui lui rend la gaîté première.
Il sait que la chaude lumière
Donne à la vigne un sang vermeil.
Le peuple chérit le Soleil.

Le soleil fit la Liberté —
Aux jours de lutte et de tempête,
Il a toujours chauffé la tête
Du misérable révolté.
Le soleil fit la Liberté.

Lorsque reviennent les Dimanches,
L'ouvrier quitte l'atelier.
Brave homme va t'ensoleiller
Près des buissons d'épines blanches,
Lorsque reviennent les Dimanches.

Prends avec toi femme et gamins :
Courez les champs, battez la plaine,
Essaye d'oublier la chaîne
Qui fait gonfler tes fortes mains ;
Prends avec toi femme et gamins.

Enivre-toi, bon Prolétaire,
De rayons d'or et de lueur,
Et tu te sentiras meilleur ;
Titan bruni, fils de la Terre,
Bois du soleil, bon Prolétaire.

HYMNE AUX MONTAGNES

I

A Emile Boëchat

Montagnes, vous portez quelquefois sur vos faîtes
Des débris de châteaux, des ruines de tours
Massives, se dressant comme d'épais squelettes.

Jadis, c'étaient des nids orgueilleux de vautours.
Les nobles, lance au poing, fondaient sur le village
Et ramenaient au burg le butin du pillage.

Montagnes, vous prêtiez votre farouche appui
A tous les partisans des gabelles, des dîmes,
Du vol. Vous n'étiez plus les instruments sublimes
Des Titans. Vous étiez infâmes. Aujourd'hui,

Comme pour mieux cacher cet affront inouï,
Qu'on a fait à l'orgueil virginal de vos cîmes,
Sous des lierres touffus, vous avez enfoui
Les vieilles tours, témoins cyniques de vos crimes.

II

A R. Gentilini

Quand les hommes seront tous mûrs pour la Raison,
Quand ils auront jeté dans de profondes fosses
L'amas confus et lourd des religions fausses,
Pour tomber à genoux devant la floraison
Eternelle de la matière ;
Fiers de leur liberté, pouvant lever le front
Et regarder le ciel face à face, ils rendront
Aux montagnes leur gloire entière.

Alors, on dressera sur les vertes hauteurs,
A la place des tours massives abattues,
Les bustes glorieux et les grandes statues
Du Beau, du Juste et de la Vie, auteurs
De notre liberté future.
Dans les villes, au pied des monts, les citoyens
Unis entre eux, diront des cantiques païens
A la gloire de la Nature.

III

PAROLES DE LA JUNGFRAU

A J. Stockmar.

Je suis immaculée et blanche comme un cygne ;
Ma lèvre boit l'azur frais des nuages bleus,
Mon front calme se baigne à la voûte des cieux.
Etant vierge, entre tous les monts je reste insigne.

La nature puissante a mis en moi le signe
Qui rend à juste titre un peuple soucieux
De ses droits. Si la Suisse a l'orgueil dans les yeux,
C'est que ma pureté lui prescrit d'être digne.

Ainsi que moi, la Suisse est vierge. Sa fierté
De jeune fille vit sous sa tunique blanche ;
Elle et moi nous savons aimer la liberté.

Mais, je pourrais cracher une épaisse avalanche
A la face terreuse et pâle des tyrans
Qui saliraient ma robe avec leurs pieds tremblants.

HYMNE A LA MER

I

Maintenant que les Républiques
Meurent du souffle byzantin,
Et qu'on veut tuer l'esprit latin
Avec des arguments obliques ;

Dans ce temps où les gens iniques
Règnent, où le moindre faquin
Proscrit Archiloque et Lucain,
Pour bénir des livres cyniques ;

Pendant qu'on serre des baillons
Autour des lèvres trop hardies —
Moi, je vais, loin des Trestaillons

Qui nous donnent ces comédies,
Gonfler mon cœur d'un rire amer,
Sur les bords de la verte mer.

II

Puisque, dans ce pays morose,
Nous ne pouvons cueillir la rose
Et le baiser;
Puisque tous ces gens de province
Usent de leur fausset qui grince
Pour niaiser;

Traversons monts, vaux et prairies,
Fuyons loin des mesquineries
Vers l'Océan.
Allons écouter sur la plage
Les cris douloureux et la rage
Du flot géant.

Embarquons-nous ma bien-aimée.
Le steamer lance sa fumée
Au ciel vermeil.
Qu'il nous emporte sur ses ailes.
Allons, dans les terres nouvelles,
Voir le soleil.

Le soleil est, avec la vigne,
Le seul Dieu juste et vraiment digne
D'être adoré.
Le soleil fait mûrir les âmes,
Le soleil donne au cœur des femmes
Son feu doré.

A la suites des caravanes,
Nous visiterons les savanes
Et les forêts.
Tu dormiras dans les clairières
Et le sommeil sur tes paupières
Sera plus frais.

Ivres de la grande nature,
Mais, las de courir l'aventure,
A tout hasard,
Nous retournerons vers les grèves
Pour mieux réaliser les rêves
Charmants de l'Art.

Nous irons vivre près des vagues
Qui modulent des hymnes vagues
Ou des chants clairs.
Vierge aux yeux bleus, maîtresse blonde,
Tu retremperas dans leur onde
L'orgueil des chairs ;

Car l'âcre sel marin fait naître
La passion au cœur de l'être
Trop allangui.
Et l'Océan met de la flamme
Aux sens glacés de toute femme
Pâle d'ennui.

III

Lorsque le cœur, blessé par un amour déçu,
Se serre ; quand des pleurs roulent sous les paupières,
Quand l'herbe du chemin se hérisse de pierres,
Quand on est las de vivre, et qu'on s'est aperçu

Que le vice est un bien, le crime une vertu ;
Les uns vont se cloîtrer jusqu'aux heures dernières
Et creusent à leurs pleurs un tombeau de prières,
D'autres, — en qui l'esprit animal est têtu, —

S'en vont noyer leur deuil dans le fond des bouteilles ;
Car ils trouvent le vin moins âcre et moins amer
Que les baisers donnés par des lèvres vermeilles.

Mais le cloître et le vin ne valent pas la mer,
La mer aux flots dorés, trompeurs comme une femme,
La mer, futur linceul de ma dépouille infâme.

IV

A Maurice Rollinat.

La mer est une fille étrange. Le matin,
Elle laisse voguer sur les eaux de satin
Les navires chargés d'hommes forts et robustes.
Nulle angoisse ne vient lasser ses flancs augustes.
Heureuse, elle sourit, voyant les matelots
Suivre de leurs regards le sillage des flots.
Puis, ainsi qu'une femme, attentive, inquiète,
Berce son nouveau-né dans ses bras, la coquette
Balance mollement la lourdeur des vaisseaux
Sur ses vagues, couleur d'acier, et sur ses eaux
Miroitant au soleil ainsi qu'une cuirasse.
Tout à coup, le désir la tourmente, elle embrasse
L'épais navire avec un amour plus profond :
La folle fait jaillir ses flots bleus sur le pont !
Fille lascive et gaie, elle veut être aimée.
Pour exciter les sens, elle s'est parfumée
Et jette dans les airs une âcre odeur de sel ;
Ainsi qu'une cavale, elle bondit. Le ciel,
Cependant, verse à flots son tiède crépuscule ;
Le jour se fait moins clair, le soleil se recule
Et meurt. Voici la nuit.
Tout ivre de plaisirs,
La mer n'a point calmé ses farouches désirs.
Elle a soif d'un amour brutal, elle veut vivre,
Sa grande voix rugit comme un clairon de cuivre,
Et puisque les amants ne se présentent pas,
Elle prend le vaisseau, le couche dans ses bras
Et le submerge.

Alors, elle enlève la vie
Terrestre à ses captifs, voulant que nulle envie,
Nul regret de la femme aimée ou des enfants
Ne vienne emplir leurs cœurs de sanglots étouffants.
Mais, elle jette en eux sa passion fougueuse
Et soûle les noyés de son amour de gueuse.
Plus que d'autres, certains lui sont chers. Dans son lit
Elle garde avec soin leurs corps. Calme, sans bruit,
Elle vient quelquefois baiser leurs lèvres vertes
Et fait vivre autour d'eux le corail. Certes,
Ceux-là sont des noyés heureux ; car, sous les eaux,
Ils dorment, à côté d'étranges végétaux,
Et leur sommeil est plein de lentes rêveries.
C'est pour eux, que la mer a créé ses prairies.
Quant aux deshérités, dont elle ne veut plus,
Elle berce leurs corps sur ses flots ; et le flux,
Porte sur les galets, leurs carcasses bouffies
Comme celles des gens lassés par les orgies.

. . . .

Démons, au regard clair, au sentiment léger,
O femmes, votre amour ne peut nous soulager,
Comme la mer qui prend l'homme, en fait un cadavre
Afin qu'il n'aime plus jamais. Vous, (cela navre,)
Vous tuez lentement, sous un dédain moqueur,
La hardiesse des sens et la fierté du cœur,
Et vous ne nous laissez qu'un corps rempli de haine,
Misérable boulet, fastidieuse chaîne.

V

J'ai souvent écouté ta musique, ô Wagner,
Et j'ai courbé le front devant ton fort génie.
Mais le rhythme puissant de ta fauve harmonie,
Ne vaut pas le chant de la mer.

Vieil athlète pensif, fait de bronze et de fer,
Hugo, salut ! Salut à toi, maître qui sèmes
L'amour profond de l'Art, en nous ; mais tes poèmes
Ne sont pas si grands que la mer.

Peintres, vous avez pris le rose de la chair,
Le bleu du ciel, le noir des nuits, l'or des étoiles.
Vous mêlez l'Idéal au Réel ; mais vos toiles
N'ont pas les tons chauds de la mer.

Oh ! je veux m'imprégner de ton parfum amer,
Caresser longuement tes plantes, vertes tresses,
Et dormir dans ton lit, à l'abri des tristesses,
Fille superbe, blonde mer !

HYMNE AU VIN

I

A L. A. Wouters.

Gloire au bon vin, père des chants,
Consolateur de toutes peines,
Le vin rend bons les plus méchants,
Le vin fait oublier les haines. —
Gloire au bon vin, père des chants.

Si je fais un hymne à la bière,
Qu'on creuse vite un large trou
Et qu'on m'amène au cimetière,
Car il faut être mort ou fou
Pour rimer un hymne à la bière.

Je laisse à Monsieur Chicaneau
Le cidre et le poiré vulgaires ;
Ceux qui boivent le vin sans eau
Sont bonnes gens et n'aiment guères
L'aigre liqueur de Chicaneau.

Le vin ne rend jamais malade ;
Il nous fait plus ambitieux.
Quand l'on a bu, l'âme escalade
Comme un Titan les sombres cieux.
Le vin ne rend jamais malade.

Le vin apaise les douleurs;
Il donne la rime au poète,
Aux enfants les belles couleurs,
Aux affligés un air de fête :
Le vin apaise les douleurs.

Quand tous les hommes seront ivres
De justice et de bon Bordeaux,
Ils feront sonner dans des cuivres
Le glas des rois et des bedeaux.
O peuples soyez bien vite ivres !

II

Nous n'avons pas de goût pour vider notre vin
Dans des coupes ou des calices.
Nous croyons que le sang rouge du cher raisin
Est meilleur dans des verres lisses.

Apportez-nous du vieux Bordeaux. Quand nous aurons
Museau rouge et trogne vermeille,
Si le verre est petit ou fêlé, nous saurons
Boire au goulot de la bouteille.

Les cagots, les marquis endorment sans façons
Leur piètre ivresse sous la table;
Après avoir tari vingt-cinq mille flacons,
Nous serons raides comme un cable.

Nous ne ronflerons pas ainsi que les tuyaux
Du grand orgue de Notre-Dame ;
Mais nous répèterons en chœur les fabliaux
Dans lesquels Villon mit son âme.

Nous humerons le piot ainsi jusqu'au matin,
Chantant tous quelque bon poème,
Et nous verrons tissés de soie et de satin
Les mauvais jours de la Bohême.

HYMNE AU BLÉ

∿∿

A Emile Favin.

Du blé, du blé, toujours du blé,
Bonne Terre, brune Cybèle,
Pour apaiser l'homme troublé,
Fais couler hors de ta mamelle,
Du blé, du blé, toujours du blé !

Gloire éternelle aux épis jaunes !
Quand tout le monde aura du pain,
Nous supprimerons les aumônes
Et les révoltes de la faim.
Gloire éternelle aux épis jaunes !

Faites des lois si vous voulez,
Maîtres des destins populaires ;
Mais, si nous n'avons plus les blés
Prenez garde aux *grandes colères*.
Faites des lois si vous voulez.

Rhéteurs tout bouffis de doctrine,
Prêchez les injustes combats ;
Tous ceux qui mangent la farine
Se tendront la main ici-bas,
Malgré la guerre et la doctrine.

Va, paysan, sème des grains,
Ils contiennent le grand mystère
Qui fera cesser nos chagrins
Et rendra sa gloire à la Terre.
Va, paysan, sème des grains.

HYMNE A LA MUSIQUE

I

LE CLARION

Au bon pays lorrain, les épais bataillons
De l'Autriche marchaient contre la République.
Ils furent arrêtés, par la faux et la pique
Des rudes paysans, affamés, en haillons.

Un contre dix, et comme, au désert, les lions
Mordent les tigres roux sous le ciel du tropique,
Les Titans se ruaient, l'œil plein de gloire épique,
Contre les étouffeurs de leurs rébellions.

Les citoyens laissaient, derrière eux, dans la plaine,
L'amas confus des morts pâles et des blessés.
Or, l'un de ces derniers, ayant la face pleine

De sang, les yeux éteints, les cheveux hérissés,
Faisait chanter encor, dans un clairon de cuivre,
La victoire géante et le dédain de vivre.

II

LE PIANO

Vous avez beau jouer sur le clavier sonore
Un air triste, subtil et chargé des spleens lourds,
Vous n'endormirez pas le regret des Amours,
Qui se sont dissipés, un matin, à l'Aurore.

J'écoute avec ferveur la cascade de sons
Que votre frêle main fait jaillir vers les plaines
Du souvenir amer et des tristesses pleines
De ce passé, devant lequel nous frémissons.

L'ancienne passion, que je croyais bannie,
Pareille au flot qui vient assaillir un rocher,
Me mord le cœur. Je n'ai pas pu l'en arracher,
Et je le laisse aller, au gré de l'harmonie.

Vous avez donc connu ma maîtresse? Car l'air
Que vous faites chanter sur l'instrument rappelle
Sa démarche hautaine et sa lèvre rebelle
Aux baisers lents, qui sont l'orgueil fou de la chair.

Je retrouve vivant, dans vos accords étranges,
L'éclat mystérieux et triste de sa voix. —
Jouez encor, jouez, Madame, car je vois
Ses yeux fauves, bordés de grands cils, noires franges.

Vous pouvez maintenant venir à mes genoux
Et profiter longtemps de mon extase lente.
Semez des baisers frais sur ma tempe brûlante ;
Je vous contemplerai sans haine et sans courroux.

Je croirai dans mes bras serrer l'autre, l'ancienne,
Vous aurez les amours qui lui sont destinés ;
Mais, si vous les voulez réels et vrais, prenez
A votre clavecin une musicienne,
Qui puisse me fausser le cœur, ainsi que vous,
En jouant un vieil air, mélancolique et doux.

III

LES VIOLONS

A Raoul Pugno.

Comme un rire de filles
Frêles, aux cheveux blonds,
J'entends frémir vos trilles,
Violons.

Dans ce temps où les bourses,
Sont vides de métal,
Vous empruntez aux sources
Leur cristal.

Oh ! quand le spleen nous lasse,
Répandez les liqueurs
Des chants et de la grâce,
Sur nos cœurs.

Roulez, comme des vagues,
Hymnes, en nos cerveaux,
Cupides d'amours vagues
Et nouveaux.

Tandis que l'homme râle,
Violons, vos sons clairs
Forment une spirale
Dans les airs,

Et meurent sans détresses
Avec l'orgueil des lys,
En effleurant les tresses
De Phillys !

IV

LA HARPE

A Charles Grandmougin.

Les salons de province ont un aspect étrange,
Avec leur mobilier, datant de Charles dix,
Leur papier peint criard, leurs tentures orange
Exhalant un parfum rancunier de jadis,
Les salons de province ont un aspect étrange.

Deux vieux, — mâle et femelle, — assis devant le feu,
Devisent doucement de passion éteinte,
Du sermon de l'évêque, ou de l'espoir en Dieu,
Et parfois la pendule en bronze doré tinte
Aigrement. Les deux vieux causent devant le feu.

Dans un coin du salon, baille comme une carpe,
Leur fille, vierge encore, à quarante ans passés.
Ses doigts maigres et secs font frémir une harpe.
Sa bouche, où les ennuis moroses sont tracés,
Dans un coin du salon, baille comme une carpe.

L'instrument rococo dit un air langoureux,
Qui transporte le cœur dans le pays du Tendre
Et rappelle l'époque, où tous les amoureux
Portaient le nom fatal d'Elmire et de Clitandre.
L'instrument rococo dit un air langoureux.

C'est ainsi qu'en ces lieux, on prépare à la tombe,
Les membres paresseux et les esprits dolents.
Je suis fou d'action, et tout mon mépris tombe
Sur ces chrétiens béats, routiniers, accablants,
Lâches devant la vie, et prêts devant la tombe.

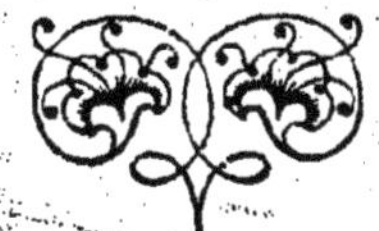

V

LA VOIX

La salle rappelait confusément les temples,
Où, grâce au charme impur des arts magiciens,
Les prêtres évoquaient les dieux des jours anciens. —
Les portraits des aïeux sur les tentures amples,
Etalaient leurs couleurs, ainsi que des exemples.

Aucun bruit. Les tapis gardent le son des pas ;
Au grand lustre d'argent, rayonnent les bougies.
Je sens monter en moi comme un désir d'orgies
Savantes, en voyant prête pour un repas,
La table aux pieds massifs, couverte de lampas.

Les parfums conservés au fond des cassolettes,
S'exhalent lentement dans deux coupes d'airain.
Et, pour jeter sur l'être un fluide souverain,
On répandit la vague odeur des violettes.
L'air est plein des senteurs, si chères aux poètes.

Mélodie. Une voix de femme entonne un chant,
Plein de désir profane, et de volupté nue.
Mes yeux cherchent en vain les yeux de l'inconnue,
Personne. La voix dit un air triste, touchant,
Et se disperse au loin, comme un soleil couchant.

« Vierge ou fille d'amour, qui que tu sois, ô femme,
Dont un écho profond répercute la voix,
Viens apaiser le feu de mon front, si tu vois
Que ton chant m'a brisé le cœur, telle une lame
Arrache aux bras nerveux du matelot la rame. »

Une main souleva l'ampleur des rideaux lourds,
Et la femme parut, glorieuse, hautaine,
Avec la majesté native d'une reine.
Grâce au pli sculptural de sa robe en velours,
Tout son corps révélait d'harmonieux contours.

Mais elle avait masqué d'une noire dentelle,
Son visage. Perçant ce long voile, les yeux,
Diamants verts, lançaient un éclat radieux,
« Patient ciseleur de poêmes, dit-elle,
» L'on m'aurait, autrefois, appelée immortelle.

» Orgueilleuse, j'ai vu tomber à mes genoux,
» Les austères savants et les soldats superbes.
» J'aurais pu les fouler aux pieds comme des herbes,
» Et n'éprouver pour eux qu'un dédaigneux courroux ;
» Mais il me plaît d'avoir un cœur sauvage et doux.

» Je suis laide d'ailleurs, très laide. Sans ce voile,
» L'on me mépriserait beaucoup, (l'homme est méchant
» Et lâche, quand il voit la laideur), mais mon chant
» Fait longuement frémir les os jusqu'à la moelle
» Et chacun m'a nommée : « *ange*, *déesse*, *étoile*. »

» Certes, ce n'est pas moi qu'ils adoraient, mais l'art
» Et l'inspiration qui coulent de ma bouche.
» J'ai toujours pu dompter l'être le plus farouche,
» En sachant adapter aux notes de Mozart
» Les rhythmes éclatants du poète Ronsard.

» Après s'être grisés de vers et de musique,
» Mes amants oubliaient que mon visage est laid
» Pour adorer mon corps aussi blanc que du lait,
» Et plus beau mille fois qu'une statue antique. —
» C'est ainsi que je donne un amour frénétique.

» J'ai pourtant le dégoût de ces désirs malsains ;
» Je ne me livrerai maintenant qu'à l'artiste
» Capable de savoir que mon génie existe,
» Et qu'il fait hérisser les pointes de mes seins,
» Où je laisse dormir d'audacieux desseins. »

Elle dit. Je voyais scintiller sa prunelle;
Ses paroles avaient un éclat fier et doux,
Humble et contemplatif devant elle, à genoux,
Je lui jurai longtemps une extase éternelle,
Promettant de l'aimer, qu'elle fut laide ou belle.

Après tout, le grand art, n'est-il pas la beauté ?
Elle était laide. Mais je puis boire à ses lèvres
Le lait de l'idéal et les profondes fièvres
Qui donnent au poète une sérénité,
Pure comme le ciel d'un brillant jour d'été.

LE VENT

Le vent passe à travers le feuillage des bois,
On dirait le soupir très vague d'un hautbois.

Le vent, le vent folâtre a fait plier les branches ;
Tel, un essaim danseur de jeunes filles blanches.

Le vent jette aux forêts son vaste rire amer,
Avec un bruit semblable à celui de la mer.

Le vent vient entourer les bouleaux et les chênes,
Et lance à leurs sommets ses invisibles chaînes.

Le vent agite aussi l'épaisseur des buissons,
Mais sa voix monte et dit d'étonnantes chansons.

Tour à tour, le vent rit, s'émeut, s'agite et pleure,
Comme un fou, qu'on aurait laissé fuir sa demeure.

Le vent est furieux, il mugit, il emporte
Au lointain, avec lui, la pauvre feuille morte.

Voici que la forêt redevient triste et calme,
Ainsi qu'une martyre, ayant aux doigts la palme.

Le vent passe à travers le feuillage des bois,
On dirait le soupir très vague d'un hautbois.

LES NUAGES

Je suis resté calme, et j'ai vu passer
Les nuages gris, les nuages roses.
Les cieux, tantôt gais et tantôt moroses,
Attiraient mes yeux, mais sans les lasser.

Les nuages ont des formes étranges :
Ils prennent l'aspect d'hommes, d'animaux,
Des fleurs ou des fruits, des blés ou des flots.
Quelques-uns ont l'air d'être des archanges.

Voici que surgit toute une cité
Avec ses palais, ses tours, ses portiques,
Ses donjons ventrus, ses vieux toits gothiques
Son église et son Université.

Changement. Le ciel porte un lourd navire
Qui, vers l'inconnu bleu, prend son essor :
Vogue le vaisseau ! Mais, nouveau décor,
Voilà tout un coin du pays de Vire.

La haie en sureau, les pommiers en fleurs,
Le chemin ombreux plein de folles herbes,
Rien n'y manque ; on croit ouïr près des gerbes
Le chant matinal des merles siffleurs.

Il me semble voir une immense armée
Qui s'avance au pas, militairement,
Le nuage roule et fuit lentement,
Dans l'espace blond, telle une fumée.

Cet autre, à coup sûr, doit venir de loin,
Car il a gardé, sur ses flancs, l'empreinte
Des blancs minarets d'une ville sainte :
Le vent l'emporte et ce n'est plus qu'un point.

Je te cherche en vain, au milieu des nues,
Sœur de ma jeunesse, âme aux regards clairs,
O Muse, tu n'es point là. Dans les airs
Je ne vois que des formes inconnues.

Donc, je ne veux plus, rêver en plein jour,
Et lasser mes yeux, puisque le nuage
Ne reflète pas, en lui, ton image,
Et ne me dit point des stances d'amour.

IMPRESSIONS

JUVENES

Nous avons des poumons et du souffle, nous autres,
Notre vers est brutal, comme un jeune taureau,
Nous ne murmurons pas des sentences d'apôtres,
Et nous buvons le vin sans eau.

Nous sommes amoureux de la forme charnelle,
Et nous nous prosternons, devant les corps charmants.
Mais nous avons au cœur une extase éternelle,
Pour la Muse de nos vingt ans.

Sœurs de nos passions et de notre jeunesse,
Femmes, il faut aimer votre sérénité ;
Pour croire à l'avenir meilleur, et pour que naisse
L'aube de la fraternité.

L'amour et l'énergie ont gonflé votre buste;
Et vous sauriez unir, au milieu des combats,
Vos longs doigts effilés à notre main robuste,
Pour jeter les faux dieux à bas.

RÉSURRECTION PANTHÉISTE

Tu ne mourras pas tout entière,
Ma charmante ; ton corps d'enfant
Ira retrouver triomphant,
Le grand esprit de la matière.

Tes yeux, fermés à la lumière,
Se rouvriront au noir néant ;
Tu verras le gouffre béant,
Où tombe la forme première.

Et ta sève, dans son orgueil,
Se répandra hors du cercueil
Pour féconder la terre forte.

Donc, tu renaîtras mille fois ;
En donnant, ô ma chère morte,
Ta vie, aux blés, aux fleurs, aux bois.

SONNET

Le mois de Mai dit la chanson,
Dont le printemps broda le thème,
Partout l'éternel mot « Je t'aime »
Se répercute à l'unisson.

Il pleut des fleurs sur le buisson,
Adieu les maigreurs de carême.
Vive l'Amour nouveau qui sème
La joie au gosier du pinson.

Les champs verdoient. Ma bien-aimée,
Orne ta crinière embaumée
De roses et de lilas blancs.

Puis, émue et pleine de fièvre,
Le sein dressé, viens, à pas lents,
Me donner à baiser ta lèvre.

Voici l'hiver ; le froid, le triste et morne hiver !
Il neige. Ce qui fut cet été jaune ou vert
Est devenu tout blanc, du mont jusqu'à la plaine.
La Terre froide dort sans vie et sans haleine ;
Un ciel grisâtre, bas, plombé, lui verse seul
La neige, encor la neige en guise de linceul.
Rien au loin. Les maisons se cachent dans la brume
Eparse lentement, comme un encens qui fume.
Pour tout bruit, le corbeau qui croasse, et souvent
Le murmure plaintif ou les sanglots du vent.

. . . .

Quand la neige, au dehors, vient tomber sur la neige
Et fait rêver au ciel d'Irlande ou de Norwège,
Il est bon de rester, frileux, près du foyer,
De ciseler un vers naissant, et d'égayer,
Avec un vin bien vieux, sa maudite carcasse.
Pourtant, le bois s'éteint, le poème s'efface
Peu à peu de l'esprit troublé ; le Jurançon
Ne verse plus ni feu dans le cœur, ni chanson
Sur les lèvres. On est seul, on devient morose ;
Il vous manque un appui solide. Cette chose
Immortelle — l'Amour — vous tenaille et vous mord ;
L'on se sent défaillir et tout près de la mort,
L'on n'est plus inquiet ni du temps ni de l'heure,
Mais les yeux sont noyés de larmes, et l'on pleure
Longuement.

Le jour, où dressée à mon côté,
Tu me révèleras encor plus la beauté
De ton cœur; quand, tous deux, nous pourrons sans
[contraintes
Nous conter nos désirs, nos chagrins et nos craintes,
Moins triste, je saurai polir de meilleurs vers,
Ayant, pour m'épier, tes regards fins et clairs.

SYMPHONIE D'HIVER

Pendant les hivers
Moroses,
Mon esprit va vers
Les roses.

Quand la neige étend
Ses marbres,
Je rêves d'étang
Et d'arbres.

La glace au dehors
Est dure.
Mais j'ai tes trésors,
Nature !

Je songe aux forêts
Antiques
Où l'herbe dit ses
Cantiques.

Je tresse en chansons
Des perles,
Prises aux pinsons
Et merles.

Vivent les grands bois,
    Les cimes
Et les flots ! — Je vois
    Des rimes.

J'ai peut-être des goûts qui paraîtront vulgaires
Aux poètes barbus et sauvages. — Naguères
Je me posais comme eux en grossier bohémien,
Faisant fi hautement du repos et du lien
Vague qui force l'homme à demeurer tranquille,
A mépriser Scapin, Turcaret ou Basile.
Je trouvais tout cela bourgeois ; mais, aujourd'hui,
Je ne sais quel désir de repos me poursuit.
J'ai peur de rencontrer à nouveau la bassesse
Même dans l'idéal et l'infini. Je cesse
De planer pour rester terre à terre. Mes vœux
Sont bornés : le dédain m'a fait simple. Je veux
Apprendre la gaité, Rabelais, dans ton livre,
Me griser de Bourgogne et de chaud soleil, vivre
Pour toi, ma Muse, ayant mes regards dans tes yeux
Et mourir le jour où mon cœur se fera vieux.

VERS D'ALBUM

Aimez beaucoup les fleurs : ce sont de purs tombeaux
Où dorment embaumés des cœurs de jeunes femmes.
La Nature a donné ses linceuls les plus beaux
Pour garder le parfum profond des belles âmes.

Aimez les soirs d'été calmes, silencieux,
Les soirs tout imprégnés de l'odeur des prairies,
Les soirs tout constellés d'astres cloués aux cieux ;
Aimez les soirs, gardiens des bonnes causeries.

Aimez le rire clair et franc des enfants gais,
Les récits émouvants, le chant, les poésies,
Les tons de la peinture et ne vous fatiguez
Jamais d'aimer. Aimez même vos fantaisies.

C'est là l'unique loi qui doit régler nos pas ;
Observez la toujours, ô demoiselle blonde ;
Aimez les vieux amis ; ne nous oubliez pas
Et vous dédaignerez les sottises du monde.

IDYLLE

LE FIANCÉ

Le soir mystérieux tombe et croît lentement;
Un souffle frais voltige au-dessus des prairies,
Le ciel est constellé d'astres : — c'est le moment
Des bonnes rêveries.

Un parfum pénétrant s'exhale des grands bois.
Le grillon dit son chant monotone, dans l'herbe ;
Et, pliant sous la gerbe,
Les glaneurs harassés font entendre leurs voix.

Vous souvient-il des confidences
De l'an dernier?
Vous aviez négligé les danses
Pour oublier
Avec moi, dans un songe étrange,
Que ce monde est pétri de fange.

Ton front s'était posé rêveur
Sur mon épaule.
Il me semble encor que ta lèvre frôle
Ma lèvre sa sœur.

LA JEUNE FILLE

Je n'oublîrai jamais, ô l'aimé de mon âme,
Je n'oublîrai jamais
Comment, mettant à part tout mon orgueil de femme,
J'ai dit que je t'aimais.

Comme aujourd'hui, le soir jetait dans les charmilles
Des souffles embaumés.
Et l'on voyait passer les blanches jeunes filles
Aux bras des bien-aimés.

Ta main tenait ma main, et ta voix un peu lente
Résonnait dans mon cœur.
Et, ne me sachant pas encore ton amante,
Tu m'appelais : « Ma sœur. »

Tu n'avais pas sondé ces regards magnétiques
Où brillait mon amour.
Mais tu gardais en toi les funestes reliques
D'un chagrin sombre et lourd.

Alors, tandis qu'au ciel luisaient nos deux étoiles,
Mères d'un temps plus doux,
Ma farouche pensée a déchiré ses voiles
Et t'a dit : aimons-nous.

J'ai laissé s'incliner sur toi ma tête altière
Et j'ai longtemps pleuré.
Et puis je m'écriai : « Puisque tu désespère,
Je te consolerai.

Nous marcherons tous deux, sans crainte et sans envie
Vers le rude devoir
Et mon amour, fidèle aux charges de ta vie,
T'empêchera de choir.

Je veux être pour toi, l'épouse, la maîtresse,
L'éternel dévoûment.
Mon sourire saura dissiper ta tristesse
Aux heures de tourment.

Je sentirai revivre en nos enfants toi-même,
Ton souffle, ton accent.
Chacun d'eux portera, dans son être, l'emblême
Orgueilleux de ton sang. »

Ainsi je te parlais durant cette soirée —
Le ciel avait semé
Les astres, perles d'or, sur sa robe moirée. —
C'était au mois de Mai.

RÉMINISCENCES

Jamais je n'oublîrai, Mignonne, le chemin
Qui serpente à travers la forêt embaumée.
Pour la première fois, j'y baisai votre main
Et je vous appelai, je crois : « Ma bien aimée. »

Que ne s'est-on pas dit, dans cet étroit sentier
Bordé de fleurs de menthe et de framboises mûres ?
Ta joue avait parfois l'éclat de l'églantier
Et tes lèvres étaient pleines de frais murmures.

J'arrivais le premier des deux aux rendez-vous...
Enfin, je te voyais paraître sous les branches.
Laissant égratigner ta robe par les houx,
Tu venais appuyer sur mon bras tes mains blanches.

Par moments, un oiseau blotti dans les buissons
S'envolait en frôlant des ailes le feuillage,
Et ce brusque départ t'effrayait ; des frissons
Faisaient frémir tes seins fermes sous le corsage.

Peureuse tu croyais qu'un passant indiscret,
Voulant ouïr l'écho de notre confidence,
Avait sondé le cœur profond de la forêt ;
Mais je te rappelais bientôt à l'évidence.

Et tu riais longtemps de ta naïveté...
Nos entretiens sont loin. Voici déjà l'automne,
Et cela se passait dans le dernier été. —
L'hiver va nous chanter son hymne monotone.

Les buissons du sentier jaunissent et le vent
Fait valser longuement leurs pauvres feuilles rousses.
Ce qui fut vert jadis va devenir tout blanc ;
La neige couvrira bientôt les humbles mousses.

Qu'importe si, pendant ces jours tristes, ton cœur
Garde le souvenir de notre amour passée,
Si tu consens toujours à devenir la sœur
De mes plus chers désirs, de toute ma pensée.

SÉPARATION

Les grands arbres tendaient au ciel leurs branches sèches
Qui trouaient l'horizon comme d'agrestes flèches.
Il faisait déjà froid. C'était presque l'hiver,
Une odeur de brouillard se répandait dans l'air ;
Le sol était humide et boueux. Sur ma manche
Vous appuyiez encor votre main frêle et blanche.
Un reste d'habitude ou quelque souvenir
Vous engageaient sans doute à laisser soutenir
Comme autrefois vos pas indolents. Votre bouche
Dédaigneuse gardait un silence farouche.
Au coin de vos yeux noirs, une larme perlait.
L'orgueil vous faisait taire et votre cœur pleurait,
Pauvre enfant !
                                        En marchant, mes dolentes pensées
Evoquaient tristement nos amours offensées.
Au détour d'un sentier où votre pied glissait,
Vous fites halte. Alors, un peu mélancolique : « C'est
» Ici que l'on m'attend, » dites-vous. Votre lèvre
S'agita comme si le frisson de la fièvre
Vous eut saisie. Enfin, après un long moment,
De silence qui fit croître notre tourment
Vous reprîtes : « Adieu, Monsieur. » Puis, vous tournâtes
A gauche. Le parfum pénétrant de vos nattes
S'exhala dans l'air. Tout fut dit

La nuit tombait;
Un soleil poitrinaire et pâle succombait
Dans un ciel pluvieux et grisâtre; les ombres
S'allongeaient; le chemin semblait plein de décombres,
Le vent sifflait au loin de fatales chansons
Et venait agiter l'épaisseur des buissons.
Seuls, les arbres tendaient au ciel leurs branches sèches
Qui trouaient l'horizon comme d'agrestes flèches.

APRÈS UNE RUPTURE

Oubliez-moi. Mettez votre main dans la main
De quelque bon garçon, travailleur économe.
Adieu. Soyez à lui. Je passe mon chemin,
Laissant derrière moi mon cœur, fleur sans arôme.

Donnez-lui les baisers qui m'étaient destinés.
Peut-être le bonheur restera-t-il le même ;
Peut-être verrez-vous vos désirs couronnés
Et vous vous écrirez : « Je suis heureuse, on m'aime. »

Votre époux n'aura point cette énervante ardeur
Qui nous rendait si fous tous les deux. Ses manières
Dénoteront une âme égale et sans grandeur
Et son amour aura des façons routinières.

Donc, vous ébaucherez sous le toit conjugal
L'un et l'autre une fade et pâle bucolique.
A la longue, pourtant, vous trouverez banal
Cet amour de province, étroit, mélancolique.

Le dédain tombera dans votre regard clair,
Un baillement épais emplira votre bouche,
Vous aurez le mépris de ce qui vous fut cher.
Vous serez ennuyée, ennuyeuse et farouche.

Vous ressusciterez les souvenirs lointains
De nos illusions, filles capricieuses.
Vous me regretterez, et vos yeux seront pleins
De ces perles du cœur, les larmes soucieuses.

Alors, ô pauvre femme encore aimée, alors,
Si je puis dévier de ma route fatale,
J'essaîrai d'apaiser tes pleurs et tes remords
En baisant longuement ta lèvre mince et pâle.

VERS D'ALBUM

~~~

Au Moyen-Age, on vit des chevaliers errants.
C'étaient des paladins pleins de fougue et de zèle
Qui, voulant plaire au cœur de quelque damoiselle,
Du Juste s'étaient faits les rudes conquérants.

Nous ne connaissons plus ces hommes-là. Le Temps
A dispersé leur cendre auguste avec son aile,
Leurs tombeaux sont cachés ; et l'histoire infidèle
Ne nous rappelle pas leurs gestes éclatants.

Puisque je ne peux point, comme ces fiers athlètes,
Tuer l'Iniquité, mettre fin aux hivers,
Et combattre au besoin les farouches tempêtes,

Je vous offre un bouquet de mes modestes vers,
Espérant que ses fleurs hâtives et sauvages
Demeureront toujours au milieu de ces pages.

~~~

RÊVE DANS LE JOUR

Ce vieux moine en froc brun qui passe dans la rue
N'a souci des regards, de la boue et des cris.
Il ne sait même plus qu'il existe un Paris.
Son pied est dans la fange et son cœur dans la nue.

Tout en marchant, il rêve à la force inconnue
Qui donne aux prés, aux bois leur charmant coloris,
Et sa pensée évoque un divin paradis
Où sa bonne âme, un jour, sera la bienvenue.

Je suis comme ce moine et pourtant, comme lui,
Je ne me nourris pas de rêve et de prière.
Dans mon esprit, aucun rayon chrétien n'a lui.

Mais il me semble ouïr ta voix sonore et fière
A tout pas que je fais, à tout bruit que j'entends, —
Et mon cœur va baiser d'avance vos doigts blancs.

APRÈS UNE LECTURE

Quand un amour ingrat a déchiré son cœur,
Quand le chagrin l'enivre,
Le poète orgueilleux peut jeter sa douleur
Dans les feuillets d'un livre.

Le livre est confident des larmes et des cris,
Des sanglots de détresse —
Mais combien de lecteurs désœuvrés ont compris
Son énorme tristesse !

La plupart vont chercher, dans la prose ou les vers,
Des impressions fraiches ;
Leurs esprits restent froids comme un vent des hivers
Et leurs paupières sèches.

Ceux qui doutent le moins s'étonnent un moment
Devant la note triste ;
Mais, à la longue, ils voient, dans ce rude tourment...
Une ruse d'artiste.

Ils pensent que l'on fait simplement son métier,
Quand on donne son âme,
Et que, si tel ou tel est pître ou savetier,
Tel autre écrit un drame.

Qu'importent ces dédains au poète ! Il a mis
Tout son cœur dans son livre,
Il verra, s'il n'a plus maîtresse, gloire, amis,
Son ouvrage le suivre.

Il saura retrouver, dans des feuillets jaunis,
Quelques bonnes bouffées
De sincère douleur, de souvenirs ternis,
De larmes étouffées.

CHANT BYZANTIN

~~~

Du cœur, du fer, du plomb et des armes! Allons,
Au bruit sonore des cymbales,
Sentant sous nos genoux ployer les étalons,
Offrir nos poitrines aux balles;
Nous n'avons pas su vivre, essayons de mourir
Avec le mépris sur les lèvres.
Alerte ! Il n'est plus temps, aujourd'hui, de courir
Au gîte obscur comme des lièvres.
Byzantins sans vertu, sceptiques de vingt ans,
Pourriture des grandes villes,
Myrmidons décharnés et verdâtres, amants
Fatidiques de femmes viles,
Retrempons dans la lutte énervante nos cœurs,
Nos cœurs dégoûtés des luxures.
Opposons aux dangers nos sourires moqueurs ;
Faisons-nous coureurs d'aventures.
Partons. Qu'on se disperse au Nord, au Sud, à l'Est,
Sac au dos, fusil sur l'échine.
Point d'adieux. Que les uns prennent la mer à Brest
Pour se faire égorger en Chine ;
Les autres s'en iront en Perse, au Sénégal
Dans l'Inde, ou bien en Laponie ;
Au diable, si l'on veut ; car tout devient égal
A ceux qui dédaignent la vie.
~~~

En voyant s'éloigner sans regrets ces débris
D'un âge atrophié : la foule,
La foule aux longs sanglots, aux fauves appétits
Dira : « Le vieux monde s'écroule. »
Et, pouvant évoquer sans gêne les exemples
De ses combats, de leurs fiertés
La *vile populace* élèvera des temples
A la Raison, aux Libertés !
Du cœur, du fer, du plomb et des armes ! Allons,
Au bruit sonore des cymbales,
Sentant sous nos genoux ployer les étalons
Offrir nos poitrines aux balles.

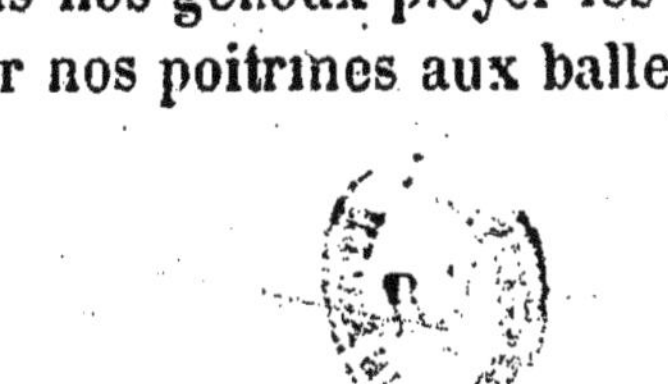

TABLE DES MATIÈRES

DU MÊME AUTEUR

LES POÈMES DE LA CHAIR

un volume

Paris. André SAGNIER, éditeur, 9, rue Vivienne

DÉFROQUÉ

(Nouvelle)

L'HOMME AUX ILLUSIONS

(Roman)

Ces romans ont paru en feuilleton au CONFÉDÉRÉ de Fribourg

Imprimerie J. Boéchat à Delémont

www.ingramcontent.com/pod-product-compliance
Ingram Content Group UK Ltd.
Pitfield, Milton Keynes, MK11 3LW, UK
UKHW012102240726
13965UKWH00004B/1469